孫子兵法

第十一册

上海人民美術出版社
浙江人民美术出版社

目 录

谋攻篇 · 第十一册

战例

甘茂息壤盟誓战韩国

编文：夏　逸

编画：汪　洋　朱国民　蒋少杰

原　文　将能而君不御者胜。

译　文　将帅有指挥才能而君主不加牵制的，能够胜利。

1．周赧王七年（公元前308年），秦武王派左丞相甘茂出使魏国，约请魏襄王共同举兵攻伐韩国，并令向寿为副手，与甘茂一起使魏。

2. 甘茂自幼熟习百家之书，曾因张仪等人的介绍去求见秦惠王，因其才华出众，深得秦惠王赏识，拜为将军，在平定汉中地区的过程中出过不少力。

3. 秦惠王死后，由武王继位。蜀侯煇乘机反叛。武王派甘茂率兵入蜀，平定了叛乱。甘茂还朝后被封为左丞相。这次武王又派甘茂出使，是对甘茂的信任。

4. 甘茂到了魏都大梁，与魏襄王谈妥了伐韩事宜之后，便对向寿说："你先回国去，对秦王讲，魏王已同意共同伐韩，但我们希望不要去进攻韩国。"

5. 秦武王听了向寿的禀告，感到困惑难解，亲自赶到息壤（秦国地名）迎接甘茂，询问情由。甘茂说：“秦与韩相距甚远，路途又奇险，行千里之路而去作战，难处颇多。”

6. 秦武王颇感奇怪。甘茂入蜀平乱，比此更为艰巨，从未说一难字。为何今日却这样说，其中必有深意，便要他详细谈。

7．甘茂打了一个比喻说："从前，孔夫子的弟子曾参出门在外的时候，鲁国有同名同姓者杀了人。有人去告诉他的母亲，曾母并不相信，顾自在织机边静心织布。

8. “一会儿又有人来说：‘曾参杀人！’曾参的母亲还是不相信，依然纺织如故。

9. “过了一会，第三人进门说：‘曾参杀人！’曾母害怕起来，扔下梭子越墙逃走了。像曾参这样有德行的人，母亲对儿子又如此信任，可是因为有三人说他杀人，结果连最了解他的慈母也对他怀疑起来了。

10. “现在我的德行不如曾参，而大王对我又不及曾母对儿子这般信任，怀疑我的绝不止两三人，恐怕大王也会‘投杼下机’的。”

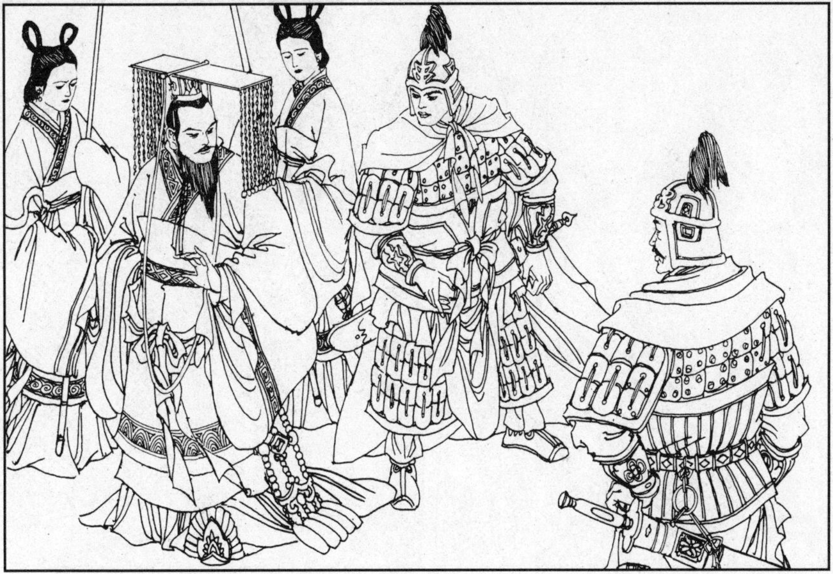

11. 秦武王摇头说："我不是曾母，不会听信那些闲话的。"甘茂笑笑，又打了一个比喻说道："当年魏文侯命乐羊率兵攻打中山国，三年才攻下中山。

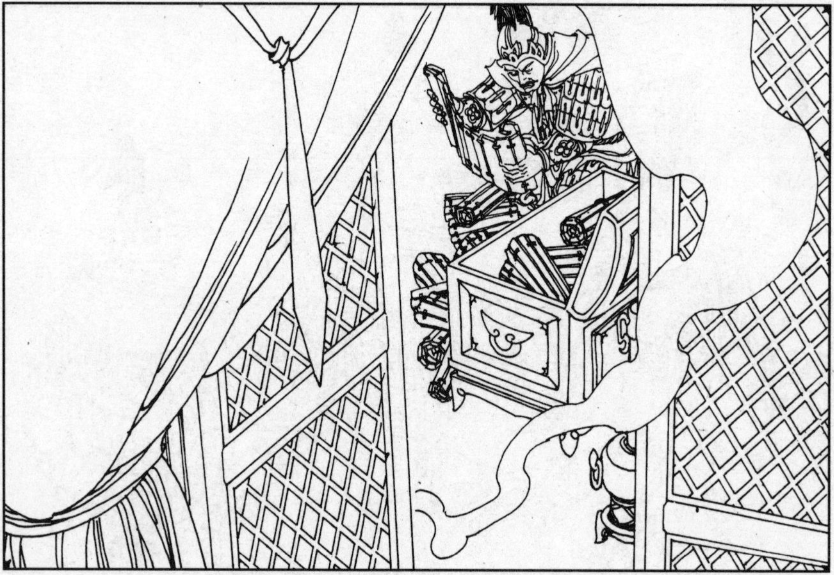

12. “乐羊返回魏都论功时，魏文侯交给他一只箱子，打开一看，竟是这三年中群臣诽谤他的奏章，装了满满一箱。

13. “乐羊恍然大悟，下跪叩头，对魏文侯说：‘原来这次胜利非臣之功，全仗君王的大力支持啊！’

14. “今臣领命远辞大王而去，”甘茂继续说，“如果大王听信朝中大臣的话，半途而废，不仅大王有负于魏王，臣也将受韩人的怨恨了。”

15. 秦武王道："你放心，我决不会这样做的。"为了使甘茂放心，秦武王还在息壤设台，对天盟誓。甘茂这才露出了笑容。

16. 秦王为使甘茂安心，将甘茂的家眷接进城里来住，以便照应。

17. 甘茂率大军出征时，秦王亲自为他饯行，安慰道：“你只管放心去吧，我不会来牵制你的。”

18. 秦魏联军合围韩国的宜阳，战了一月，秦王宫内诽谤、猜疑的舆论就起来了。秦王皆一笑置之。

19. 三个月过去了，甘茂仍然未能攻克宜阳城。韩军据城坚守，一次又一次地击退了秦魏联军的进攻。

20. 宜阳是韩国的重地，兵多粮足。甘茂见急切不能攻下，便改变战斗策略，围而不攻，以观其变。

21. 在秦国，秦武王开始担心了，怀疑自己攻韩的决策是否合宜？甘茂在外是否尽心？此时，右丞相樗里子、公孙奭也对甘茂有非议了。

22. 又过了五个月，仍不见甘茂取胜的消息，秦王接受众臣的建议，下诏书令甘茂罢兵班师。

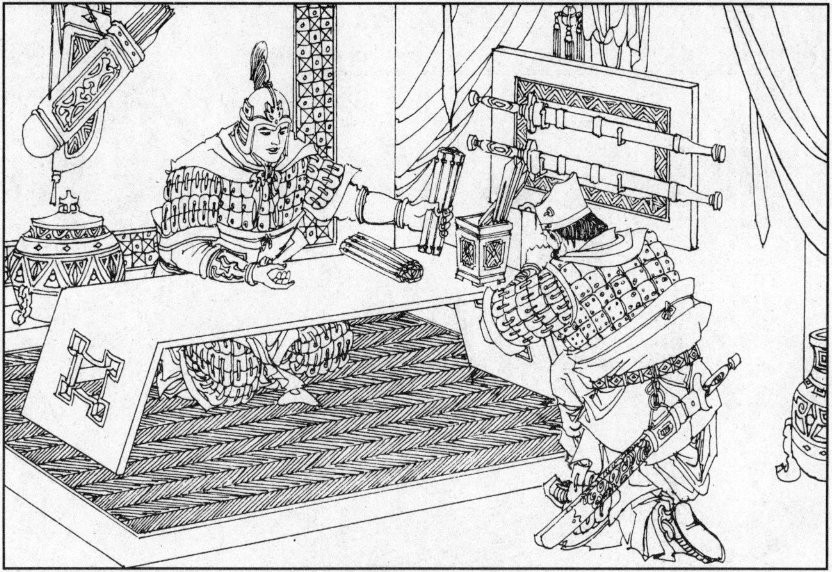

23. 甘茂接到诏书，心中早已有数。他并不立即班师回朝，而是派使者给秦武王送了一封信。

24. 秦武王接信，见甘茂提到息壤之盟，顿时明白过来，不仅不再命甘茂班师，还增派了部队支援甘茂打仗。

25. 甘茂得到生力军的支持，亲自披挂上阵，指挥战斗。终于攻破宜阳，取得了胜利。

26. 韩襄王见秦军势盛，不敢再打下去，派丞相公仲侈向秦国求和。甘茂班师回朝，秦武王对他更为信任重用。

战例

韩信知己知彼定三秦

编文：万莹华

绘画：周　申

原　文　知彼知己，百战不殆。

译　文　既了解敌人，又了解自己，百战都不会有危险。

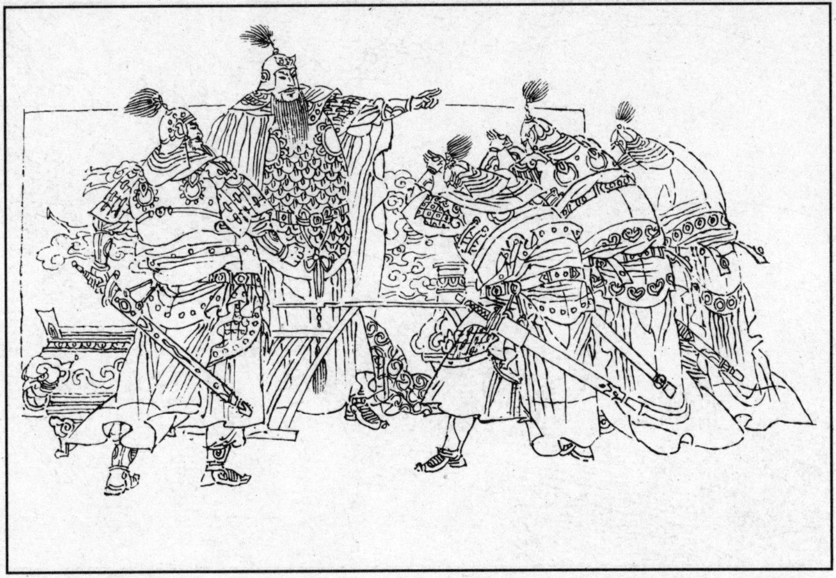

1. 汉高祖元年（公元前206年）二月，项羽自立为西楚霸王，定都彭城（今江苏徐州），同时分封了十八个诸侯王。封刘邦为汉中王，管领偏远的巴蜀、汉中之地，将关中封给秦降将章邯、司马欣、董翳，以困锁刘邦，使他不能东进。

2. 四月，刘邦忍气吞声地前往汉中。途中，烧毁所过栈道，防止诸侯军的偷袭，并表示没有回军东向的意图，以麻痹项羽。

3. 刘邦到达南郑（今陕西汉中东），养精蓄锐，寻机东出与项羽再争天下。但是，由于手下将士大都不是本地人，不愿久留汉中，不时有人思家逃离，军心不稳，刘邦愁得寝食不安。

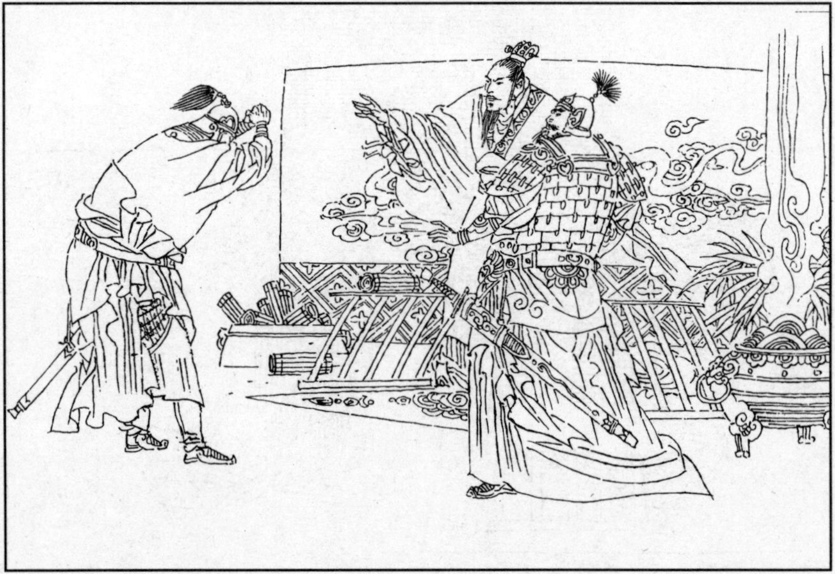

4. 一日，军吏向刘邦报告说："丞相萧何也逃走了！"刘邦十分恼怒，仿佛失去左右手那样，立即派人追寻。

5. 过了两天，萧何突然回来了，急冲冲地赶来谒见刘邦。

6．萧何气喘未定，刘邦就佯怒骂道："你为何背我出逃？"萧何说："臣不敢逃，是去追还逃人。"刘邦追问道："谁？"萧何说："治粟都尉韩信。"

7. 刘邦又骂道："入汉中以来，诸将逃亡多人，你为何独追韩信？"萧何道："诸将易得，国士无双，大王欲争天下，非用韩信不可。"

8. 刘邦见萧何如此重视韩信，遂说道："凭你这样推崇他，我就用他为将。"萧何说："即使为将，怕也留他不住。"刘邦说："那就用他为大将。"萧何说："这就非常好！"

9. 韩信，淮阴（今江苏淮阴）人，精通兵法，胸怀大志。只因父母早丧，家贫无业，难以糊口；曾受市井无赖欺侮，强迫他从胯下钻过去。韩信不愿跟他作无谓的争斗，就俯首钻了过去。市人都笑他胆怯。

10. 项梁起兵时，韩信投奔项梁，当了一名小卒。项梁战死后，韩信又跟着项羽做了个“郎中”的小官。他曾多次向项羽献策，项羽都没有采用。

11. 项羽分封诸侯王以后，韩信弃楚归汉，随刘邦来到南郑。虽由滕公夏侯婴、丞相萧何多次推荐，刘邦只给了一个治粟都尉的小官。韩信难抒平生之志。遂只身出走，另寻出路。

12. 萧何得知韩信出走，如失至宝，来不及面告刘邦，就骑上快马，乘着月色，追赶韩信。

13．萧何追出数十里，才追上韩信。萧何对他说：“汉王是重视人才的，让我再向汉王推荐一次，请你再稍等几天，不要急于走！”

14. 韩信见萧何辞恳意切，才跟随他返回南郑。

15. 刘邦按萧何的意见，建起拜将坛；刘邦亲自登坛举行仪式，拜韩信为大将。并传令三军："有藐视将军，违令不尊者，军法从事。"众将士肃然。

16. 仪式完毕，刘邦让韩信上座后问道：“丞相屡次保举将军，将军有何妙策可以教我？”韩信反问道：“大王要东向争天下，自料有无项王那样勇武强悍？”刘邦默然许久说：“我不如他。”

17. 韩信说："臣也以为不如。项王大喝一声，能吓退千百人，但是，他不能任用良将，这不过是匹夫之勇。即使有人建立战功而当封爵位的，他也舍不得给予印绶。

18. “项王不在攻守皆宜的关中建都，却定都于彭城（今江苏徐州），又按亲疏分封诸侯，将士多以为不公平；楚军所到之处，无不残杀掳掠，百姓迫于威势而不得不归附。项王名为霸王，实失人心，因而他的强是容易转变为弱的……”

19. 刘邦听着韩信侃侃而谈，不禁喜形于色。韩信继续说道："项王所封的邯、欣、翳三王皆为秦降将，当年项王杀秦降卒二十余万人，只有这三人幸免，秦地父兄怨恨这三个人痛入骨髓。

20. “而大王入关，废除秦时苛法，约法三章，所经之地秋毫无犯，秦民无不翘首以待大王。大王如举兵东进，发个告示，就能平定三秦。”

21. 刘邦喜不自禁，只恨得到这样的人才太晚，当即决策东征，并作东进的具体部署。

22. 这以后，韩信夜以继日训练将士，亲授种种阵法、战法。不久，就将汉军训练得军容整齐，斗志高昂。

23. 与此同时，曾为项羽在伐秦中立下战功的田荣、陈馀等人，因未能封王心怀不满，于汉高帝元年（公元前206年）五月相继叛楚。项羽闻讯，急忙发兵，首先进攻自立为齐王的田荣。

24. 刘邦认为时机已到，按照韩信“明修栈道，暗度陈仓”的计谋，派数百名兵士佯去抢修栈道。

25. 留萧何在汉中，筹集粮食物资，以供军用；命将军曹参、郎中樊哙，领兵数万为前锋；刘邦亲率大将韩信，统率十万大军潜出故道（今陕西凤县和宝鸡之间），袭击雍地（今陕西凤翔西南）。

26. 雍王章邯奉项羽密令，扼守栈道口，防备刘邦东进。一日，探子来报：汉军整修栈道，以图东进。章邯笑道："区区数百人，何时才能修复？"传令栈道口将士严加监视。

27. 八月中旬，忽有探马急报，说汉军已经到达陈仓（今陕西宝鸡东）。章邯大惊，仓猝出兵迎战。

28. 汉军背井离乡已久，东归心切，一旦接战，拼死厮杀。章邯军大都是秦地百姓，对项羽旧恨未消，不愿卖命，被汉军数阵冲杀就四散败逃。

29. 章邯带着败兵退守好畤（今陕西乾县东）。汉军架起云梯强行攻城，樊哙持盾执刀，率先登梯。

30. 樊哙架开巨石、飞箭，一跃而上，杀散守兵，汉军随后一拥而上。章邯慌忙弃城逃往雍都废丘（今陕西兴平东南）。

31. 韩信不失时机，派周勃、灌婴攻取咸阳，断绝章邯东逃去路，然后发兵围攻废丘。

32. 废丘面临渭水，韩信命樊哙在下游截流，水不下泄，很快猛涨，倒灌入城，城中大乱。章邯见无法再守，急忙出北门而逃。

33. 韩信挥师追击，章邯勉强一战，不幸惨败，便拔剑自刎了。

34. 翟王董翳、塞王司马欣闻章邯兵败自杀，自料难以抵抗，于是，先后投降汉王。这样，三秦之地，如韩信所料，不到一月便全属汉王刘邦所有。

战 例

王昭远不知敌我每战皆败

编文：庄宏安 庄 梅

绘画：刘建平 姚仲新

原　文　不知彼不知己，每战必殆。

译　文　既不了解敌人，也不了解自己，那么每次用兵都会有危险。

1. 五代后周显德七年（公元960年），后周禁军首领殿前都点检赵匡胤在陈桥驿（今河南开封东北）发动兵变，夺取政权，代周称帝，建立宋王朝，定都汴京（今河南开封）。

2. 赵匡胤承后周的基业，拥有中原一百十一州，九十六万户。随着中央集权的加强，政治稳定和经济、军事的发展，他积极筹划统一大业。在他即位的第四年，开始统一南方的军事行动。

3. 宋朝乾德元年（公元963年）正月，赵匡胤发兵襄州（今湖北襄阳）。宋军以平定湖南之乱为名，向南平（都城在江陵）统治者借道，随即占领江陵城内要地。南平统治者高继冲见大势已去，举城投降。

4. 南平归降后，宋军征调南平军万余人，合兵向武平（湖南）进发，疾趋朗州（今湖南常德）。二月末，于三江口（今湖南岳阳北）大破武平军。九月末，湖南遂平定。

5. 平定南平、武平后，赵匡胤派得力官吏管理湖北和湖南，并对两地原有官吏进行安抚，稳定局势。同时，进行灭后蜀的准备：派人侦察入蜀地形险易和人心向背；赶制船舰，训练水军。

6. 后蜀统治者孟昶继位后，偏安于物产丰富的巴山蜀水，军政不修，骄奢厚敛。上层有人担忧，民间怨言颇多。

7. 宋军灭两湖后，蜀相李昊对孟昶说："赵匡胤称帝建立宋朝，开启了一代兴衰的气运，不像北汉、后周那样只有偏安一方的格局，四海统一，已经到时候了。现在宋已平定两湖，臣意应与宋交好，这是保全三蜀的良策。"

8. 知枢密院事王昭远却竭力反对请和，说："与其请和称臣，不如联合北汉，约其渡河南下，我军出子午谷（今陕西西安南）呼应，形成夹击之势。这样，赵匡胤不得不退守中原，不敢犯我蜀地了。"

9. 王昭远一向自比诸葛亮，其实他只务空谈，不务实事。后蜀素不习兵，北汉亦自身难保。他提出这样的不知敌、我、友三方情况的计划，原是虚妄之言，竟得到孟昶的同意，派军校赵彦韬出使北汉。

10. 赵彦韬深知此计决难实现，带了密信和川蜀地形图赶往汴京，献给赵匡胤。赵匡胤见信后笑道：“我师出有名了。”便任命王全斌为行营都部署，刘光义、崔彦进为副，率水陆两军伐蜀。

11. 乾德二年（公元964年）十一月，王全斌率北路军三万人自凤州（今陕西凤县东北）出发，沿嘉陵江南下；刘光义率东路军二万人自归州（今湖北秭归）出发，向夔州（今四川奉节）进军。

12. 孟昶得到急报，慌忙任命王昭远为行营都统，赵崇韬为都监，韩保正、李进为正副招讨使，带兵抵御宋军；命宰相李昊在城郊设酒宴为王昭远饯行。

13. 酒酣，王昭远夸口道：“我此番出征，不仅要拒敌于门外，还要乘胜追击。对我来说，取中原易如反掌。”

14. 李昊心里觉得好笑，说道："像都统这样勇武，天下还有什么难事呢！"王昭远谢了圣恩和李昊等大臣，手执铁如意，神采飞扬地领军启程了。

15. 王昭远听说宋军已攻克兴州（今陕西略阳），急派韩保正、李进领兵五千前往拒敌。

16. 韩保正、李进率军至三泉寨（今陕西勉县西南），遇宋军先锋将史延德率军而来。李进挥戟冲杀，与史延德激战。

17. 史延德有神臂之称，交战不久，就将李进生擒过马。韩保正拍马来救，也被史延德活捉。

18. 后蜀的正副招讨使都被宋军俘去，蜀军随即一哄而散。

19. 王昭远得悉两将被俘、前军溃散的败报，不敢前进，便在利州（治所在今四川广元）驻扎。利州在嘉陵江东岸，群山环绕，地势险峻，是入蜀的“咽喉要道”。王昭远想在此等待宋军，凭险取胜。

20. 史延德获胜后，亦不轻进，探知王昭远大军在利州，他就驻军三泉寨，等待主力到来。过了数天，王全斌、崔彦进率军赶到，史延德报告了战况后，王全斌决定进军利州。

21. 宋军南下，很快攻破了利州城北四十里的小漫天寨。遥望蜀军依山傍水扎下许多营寨，旌旗招展，颇为壮观。

22. 崔彦进见江上有座桥，蜀兵没有拆断，只派一些将士守卫在桥头，就对史延德说："奇怪！这王昭远竟不毁桥。"史延德说："此人无识而自大，也许是故意向我军炫耀其实力。"

23. 崔彦进想试探对方虚实，派张万友率一千士兵去夺桥。宋军冲到桥头，很快杀败守兵，夺得桥梁。于是证实蜀军并无多大实力。

24. 宋军追赶蜀守桥将士时，王全斌下令停止追击，在沿江安营后，将兵力分为三部，夹攻大漫天寨（今广元东北三十五里）的王昭远大军。

25. 大漫天寨地势险峻，难以攻取。王全斌、崔彦进决定不用强攻，只令士兵在敌营前辱骂，诱王昭远出战。

26. 王昭远果然经不起宋军的谩骂，心头怒起，仗着兵多，倾寨出战。崔彦进见王昭远派部将率兵下山，立即迎战。不久，又佯装力怯，回马退逃。

27. 王昭远以为宋军真败，挥军追赶。追出三四里路，突然杀出史延德兵马，截住一员蜀将厮杀。史延德边战边说：“你这败军之将，还不束手投降，定让我来砍你的头颅么？”

28. 说着，他把长枪横放在马上，拔出佩剑喊道："过来，受我一剑！"那蜀将怒火直冲，跃马直奔史延德。

29. 又战了一会儿，史延德将佩剑掷向那蜀将，高声说：“你自己去费力吧，我懒得动手了。”说罢，拨转马头就跑。那蜀将怒不可遏，挥军追赶。

30. 王昭远猛觉得离寨太远了，急欲收兵退回，只见宋军从三面冲出，夹击蜀军。王昭远陷入重围，也不顾所属将士，只身往山中逃窜。

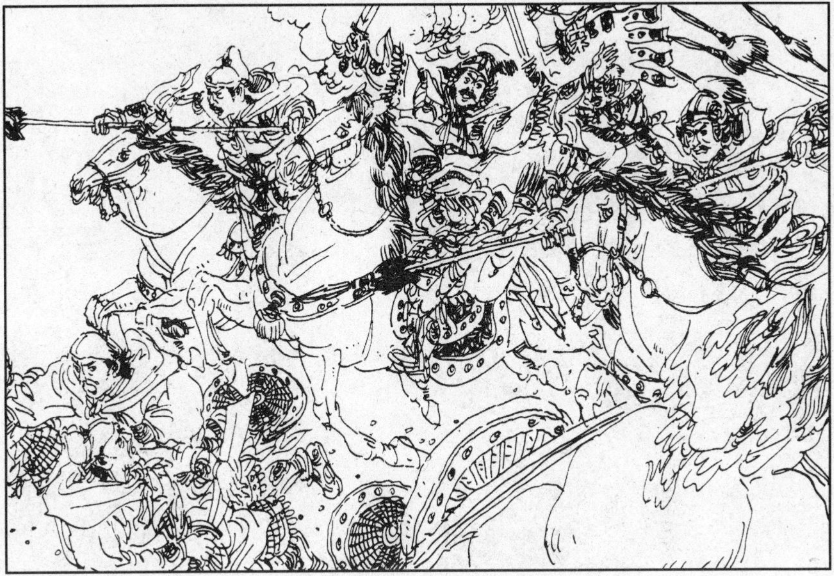

31. 饶幸王昭远熟悉这一带山路，他穿越山间小道，逃往利州城。宋军一阵冲杀，乘胜占领大漫天寨，获取粮食军械无数。

32. 第二天，王全斌、崔彦进追至利州城北，王昭远率蜀军残部仓猝应战。

33. 战不多时，蜀军便抵敌不住，仓皇溃退。如此三战三败，王昭远主力尽失，便放弃利州，渡江退保剑门（今四川剑阁东北）。撤退时焚毁浮桥。

34. 王全斌并不追赶，传令扎营，等待刘光义率领的东路军消息到达，再决定行动。

35. 刘光义的东路军进抵夔州，发现蜀军果然夹江布列巨炮，防守十分严密。于是，按原定计划在锁江浮桥三十里处舍舟登陆，从陆路进攻夔州。

36. 夔州地扼三峡，是蜀地江防第一重门户，历来是兵家必争之地。守将高彦俦、武守谦没料到宋军突然从陆路来攻，仓猝迎战，顿时溃败，退入夔州城中。

37. 宋军夺取了蜀军江上浮桥，直至夔州城前。武守谦想出城迎战，高彦俦制止道：“宋军远道而来，利在速战，当坚壁待之。”

38. 武守谦不听，率领所部千余骑出城迎战。他与宋将张廷翰激战有顷，抵敌不住，大败回城。

39. 宋军乘胜追入夔州城中，高彦俦率军力战不能取胜，负伤数十处，奔回府邸，举火自焚。

40. 刘光义攻取夔州后，率军连克万（今四川万县）、开（今四川开县）、忠（今四川忠县）、遂（今四川遂宁）诸州，峡中郡县都已平定。刘光义将攻取经过情形，驰报王全斌。

41. 王全斌得报，遂进占益光（今四川昭化），从降卒口中获悉，大江以东有一条狭径可通剑门。王全斌十分欣喜，重赏了降卒，令他带路。

42. 王昭远在剑门得报宋军进占益光，便留偏将守剑门，自己率部退屯汉源坡（今剑阁东北三十里）。岂料未到汉源，已传来“剑门失守”的消息。王昭远慌忙再逃。

43. 在逃往东川的途中，王昭远躲进一处仓舍，悲叹流泪，竟哭肿双眼。刚在哭泣，宋军追到，入仓舍搜寻，将王昭远、赵崇韬等人一并活捉。

44. 乾德三年（公元965年）正月，孟昶听说蜀军部将全被活捉或战死，异常惊恐，立即散发金帛，征募兵士，命太子孟玄喆为元帅，李廷珪、张惠安为副，率军赴剑门增援。

45. 孟玄喆从不习武，李廷珪、张惠安亦是庸儒之辈。一路上，玄喆带着姬妾朝歌暮舞，走到绵州（今四川绵阳），听说剑门已失，连夜回军遁逃。途中，竟把庐舍、仓库都烧尽。

46. 不数日，宋军两路大军会师，包围成都。孟昶知大势已去，奉表请降。平蜀之战，自王全斌出兵至孟昶投降，仅六十六天。

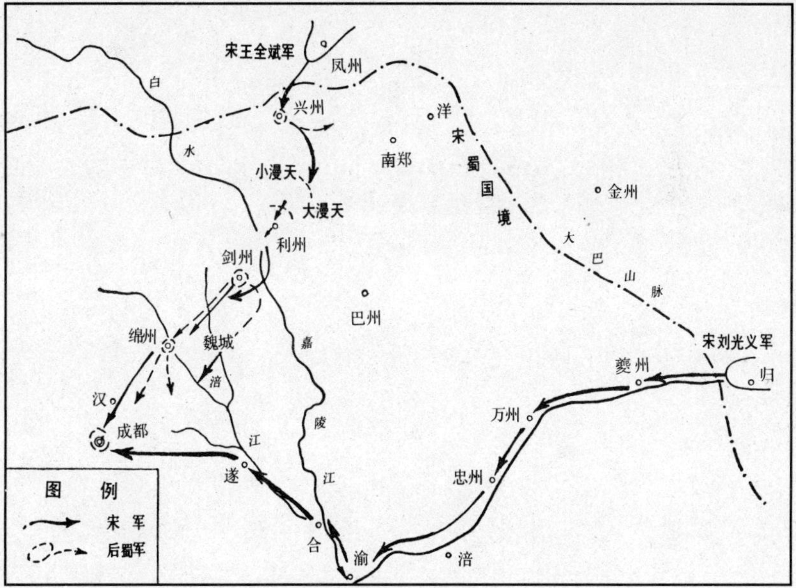
宋王全斌军
凤州
兴州
白
水
洋
南郑
宋
蜀
国
境
金州
小漫天
大漫天
利州
剑州
大
巴
山
脉
巴州
绵州
魏城
嘉
宋刘光义军
夔州
归
涪
汉
成都
万州
陵
江
遂
忠州
江
图 例
宋 军
后蜀军
合
渝
涪

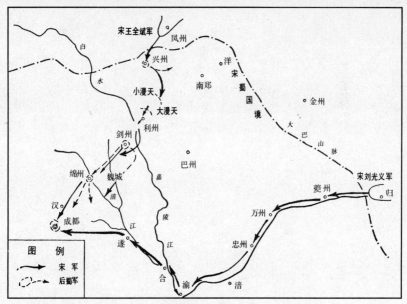

宋平定后蜀作战示意图